FOLIO CADET

Dominique Demers

Mlle Charlotte

La mystérieuse bibliothécaire

illustré par Tony Ross

GALLIMARD JEUNESSE

À ma fille Marie, que j'adore.

CHAPITRE 1

Livres et crottes de souris

Tout a commencé un mardi de mai à midi pile. M. le maire Marcel Lénervé avait ses grosses fesses bien aplaties sur une chaise et les pieds posés sur son bureau. Il allait planter ses dents dans un gigantesque sandwich à la viande fumée lorsqu'il aperçut soudain, juste devant lui, une étrange vieille dame, très grande et très maigre, qui semblait sortie de nulle part. Elle portait une longue robe bleue, plutôt chic et passablement usée, et un immense chapeau.

– Je viens… euh… pour le poste de… euh… bibliothécaire, murmura-t-elle d'une voix de souris.

Marcel Lénervé s'étouffa de surprise, ses pieds retombèrent sur le tapis et sa fabuleuse pyramide formée de soixante-quatre tranches de viande dégoulinantes de moutarde et de gras s'effondra brusquement sur son bureau.

Quelques minutes plus tard, l'affaire était conclue. Pour la première fois de son histoire, le village de Saint-Anatole avait une bibliothécaire. Le maire n'en revenait pas. Le poste était annoncé depuis trente ans dans le journal local, mais jamais personne ne s'était montré intéressé, car la bibliothèque était à peine plus grande qu'un placard à balais et les vieux livres étaient couverts de crottes de souris.

– Cette grande asperge est sûrement cinglée, songea le maire lorsque la nouvelle bibliothécaire eut disparu. Comment s'appelle-t-elle au juste ?

Il prit le contrat sous son nez, balaya les miettes de pain et trouva la signature parmi les dégoulinades de moutarde : *Mlle Charlotte*.

– Chapeau de poil ! Elle n'a même pas un nom complet, s'étonna-t-il.

Le maire haussa les épaules et entreprit de réassembler son sandwich. La bibliothèque et sa nouvelle bibliothécaire ne l'intéressaient pas plus que le sexe des ouistitis. Marcel Lénervé aimait donner des ordres à sa secrétaire, regarder les matchs de boxe à la télé et s'empiffrer de sandwichs à la viande fumée. Il n'avait jamais ouvert un livre de sa vie.

CHAPITRE 2

Une étrange bibliothécaire

Mlle Charlotte poussa un cri aigu en entrant dans sa minuscule bibliothèque. Une grosse araignée grasse et juteuse venait de lui frôler le bout du nez.

Quelques minutes plus tard, Mlle Charlotte décrochait les toiles d'araignée, balayait les crottes de souris et débarrassait les livres de leur poussière. Lorsque le petit local fut enfin propre, la nouvelle bibliothécaire procéda à l'inventaire. De sa belle écriture soignée, elle fit la liste de tout ce qu'elle avait trouvé :

– cent soixante-trois livres entiers,

– deux cent deux livres rongés par les souris,

– sept énormes araignées noires et velues,

– deux plus petites (on dirait des bébés),

– cinq souris.

Ravie du travail accompli, Mlle Charlotte se reposa un peu. Son regard tomba alors sur la plus grosse araignée. Elle était perchée sur un livre, immobile.

– Pauvre pitchounette ! Tu as l'air pas mal déprimée.

L'araignée remua lentement ses longues pattes tremblantes et Mlle Charlotte conclut qu'elle avait dit : oui.

Le cœur de la nouvelle bibliothécaire se serra. Elle cueillit délicatement l'araignée dans sa main.

– Tu n'es pas si laide, dit-elle pour l'encourager. Ne t'inquiète pas. Je vais te trouver un petit coin.

Quelques minutes plus tard, la nouvelle

bibliothécaire déposait un message sous la porte du bureau du maire.

Cher monsieur Lénervé,

Il faut absolument acheter de nouveaux livres. Mille euros suffiront pour commencer. Veuillez simplement glisser les billets sous la porte de la bibliothèque.

En vous remerciant infiniment,

Mlle Charlotte

De plus en plus fière d'elle, la bibliothécaire quitta l'hôtel de ville en sifflotant. Elle était un peu fatiguée d'avoir tant travaillé, mais elle sentait déjà qu'elle aimerait son nouvel emploi. Et elle était surtout très impatiente de rencontrer des enfants.

« Ils viendront sûrement demain », se dit-elle en trottinant joyeusement.

Ce soir-là, Léo, le fils de la propriétaire de l'animalerie de Saint-Anatole, écrivit à la fille dont il rêvait depuis l'été précédent.

Il avait déjà écrit des tas de lettres à Marie, mais chacune d'elles avait échoué dans la corbeille à papiers. Cette fois, par contre, il avait une bonne excuse pour la lui expédier.

Chère Marie,

Te souviens-tu de moi ? Léo... J'avais décollé les sangsues dans ton dos au Camp des Explorateurs l'été dernier.

Un soir autour du feu, tu nous avais raconté l'histoire d'une vieille dame, très grande et très maigre, qui parlait tout le temps à un caillou nommé Gertrude qu'elle cachait sous son chapeau. Elle avait remplacé votre professeur pendant quelques mois de l'année et après, elle avait disparu. Tu disais qu'elle était très très étrange. Et très gentille aussi. On sentait que tu l'aimais beaucoup.

Penses-tu que ton ancienne maîtresse pourrait être devenue notre nouvelle bibliothécaire ? En fin d'après-midi, aujourd'hui, une dame comme celle que tu nous avais décrite s'est présentée à l'animalerie. Elle disait être la nouvelle bibliothécaire. Sa voix était douce comme du poil de chat et elle semblait TRÈS *bizarre.*

Crois-le ou non, elle voulait acheter de la nourriture... pour araignées. Ma mère a cru que c'était une blague, mais la dame était sérieuse. Finalement, elle est repartie avec un immense sac de nourriture à souris qu'elle a transporté dans une brouette jusqu'à la bibliothèque.

Elle s'appelle Mlle Charlotte et elle ressemble beaucoup à la dame dont tu nous as parlé, sauf qu'elle n'a pas de caillou. Je le sais parce qu'elle a enlevé son chapeau pour se gratter la tête.

Écris-moi vite.

Léo

CHAPITRE 3

Une séance de lecture

Le lendemain, après avoir nourri ses souris, Mlle Charlotte fit ce qu'elle pensait que toute bonne bibliothécaire devait faire. Elle ouvrit un livre et entreprit de le lire avant de le classer sur un rayon.

En passant devant la porte de la bibliothèque, quelques minutes plus tard, Marcel Lénervé entendit un vacarme épouvantable. On aurait dit les ronflements d'un ogre en train de digérer une classe d'enfants.

– On ne vous paie pas pour dormir ! tonna le maire pendant que Mlle Charlotte ouvrait de grands yeux étonnés.

Elle s'était endormie en pleine lecture !

Marcel Lénervé en profita pour annoncer à cette grande écervelée que la bibliothèque de Saint-Anatole n'aurait pas de nouveaux livres cette année.

– Sachez, mademoiselle, que l'argent ne tombe pas du ciel ! Nous avons deux ponts à reconstruire, trois routes à repaver et douze trottoirs à réparer, bougonna-t-il avant de repartir.

Mlle Charlotte resta bouche bée. Des ponts, des routes, des trottoirs... Et les livres ? Ça aussi c'est nécessaire, utile, important.

– Mais... mais les livres... c'est essentiel ! balbutia-t-elle, encore estomaquée par l'annonce.

La pauvre bibliothécaire se sentit soudain très seule et découragée. Elle eut terriblement envie de se confier à Gertrude, son précieux caillou. Mais Gertrude n'était plus là. Quelqu'un d'autre s'en occupait maintenant, lui parlait et caressait son petit dos rond et doux.

Mlle Charlotte refusa de se laisser abattre. Elle décida sur-le-champ de trouver un moyen, quel qu'il soit, pour acheter de nouveaux livres.

– Tant pis pour cette vieille patate de maire ! dit-elle tout haut.

Pour se consoler, la nouvelle bibliothécaire se mit à rêver à des montagnes de beaux livres. Pas des livres ennuyeux comme celui qui l'avait endormie. Non, monsieur !

Elle imaginait des livres fabuleux, des livres qui font rire, pleurer, frémir, danser, voyager. Qui chatouillent la cervelle, caressent le cœur, titillent l'esprit.

La nouvelle bibliothécaire soupira et prit un autre roman.

À trois heures de l'après-midi, elle déposait un soixante-douzième livre dans une grosse boîte portant l'inscription : NULS.

– Beurk ! Tous ces livres ressemblent à de vieux brocolis trop cuits, dit-elle.

Avant d'attaquer le soixante-treizième livre, qu'elle devinait aussi mortellement ennuyeux que les précédents, Mlle Charlotte tira une grosse poignée de bonbons à la framboise d'une poche de sa robe. Alors, seulement, elle ouvrit un autre livre et, cette fois, il se produisit quelque chose de magique, d'enchanteur. Quelque chose de tout à fait merveilleux et extraordinaire.

CHAPITRE 4

Aspirée par Barbe-Bleue

Léo dévorait l'horloge des yeux. Il n'en pouvait plus d'entendre Mme Accentégu parler de l'imparfait et du passé composé. Il avait hâte de revoir la nouvelle bibliothécaire.

– Si la cloche ne sonne pas d'ici trente secondes, je vais hurler si fort que Mme Accentégu va me jeter hors de la classe, se promit-il.

Heureusement, la sonnerie retentit presque aussitôt et, neuf minutes plus tard, Léo poussait la porte de la bibliothèque.

Ce qu'il y découvrit le frappa de stupeur.

Mlle Charlotte gisait sur le sol, inerte, un livre ouvert à la main.

Léo crut qu'elle était morte.

Il se précipita, chercha le pouls à son poignet et sentit une faible pulsation, signe que le cœur de la nouvelle bibliothécaire battait toujours.

Léo lui tapota les joues et les mains. Il l'aspergea d'eau froide, la secoua doucement, puis plus fort. Mlle Charlotte ne s'éveillait toujours pas. Découragé, Léo lui pinça le nez, souffla dans son cou, tira sur ses oreilles. Il la chatouilla, la gratta, la

secoua. Rien à faire. Mlle Charlotte ne bougeait pas.

Sans doute aurait-il dû alerter le maire ou sa secrétaire. Ou encore le concierge, un médecin, les policiers, les pompiers... Au lieu de cela, Léo prit le livre que tenait Mlle Charlotte.

– *Barbe-Bleue*... de Charles Perrault, lut-il sur la couverture.

Incapable de résister, Léo reprit à voix haute la lecture du conte qu'avait commencé

Mlle Charlotte juste avant de tomber dans les pommes.

C'était le récit le plus sanglant et le plus effrayant qu'il avait jamais lu. À la fin de la page où le livre était resté ouvert, la septième femme du monstrueux Barbe-Bleue poussait la porte d'une pièce interdite du château et découvrait que *le plancher était couvert de sang caillé, dans lequel se miraient les corps de plusieurs femmes mortes attachées le long des murs*.

– Beurk ! s'exclama Léo.

Et il continua sa lecture.

Quelques secondes plus tard, Mlle Charlotte gémit doucement, ouvrit les yeux et lui adressa un sourire resplendissant.

– J'adore les histoires qui font peur, dit-elle en s'étirant comme un chat.

Ce soir-là, Léo expédia une autre lettre.

Chère Marie,

Ce qui arrive est incroyable.

Cet après-midi, notre nouvelle bibliothé-

caire a été ASPIRÉE par un livre. Elle lisait une histoire d'horreur et elle est... c'est difficile à expliquer... elle est comme... tombée dans l'histoire.

C'est moi qui l'ai trouvée. Allongée sur le plancher, raide morte ou presque.

C'est moi aussi qui l'ai ressuscitée. Je ne l'ai même pas fait exprès. J'ai lu tout haut la suite de l'histoire qu'elle avait commencée et elle s'est remise à bouger.

À son réveil, elle était tout excitée. Elle voulait écrire une lettre à l'auteur Charles Perrault, pour l'inviter à dîner et lui demander s'il avait écrit d'autres histoires aussi bonnes.

Imagine !

Charles Perrault a écrit Barbe-Bleue *il y a trois cents ans. Je le sais parce que mon père enseigne la littérature à l'université. Sûrement que M. Perrault est mort aujourd'hui.*

Il me semble qu'une bibliothécaire devrait connaître ces choses-là, non ? À moins que notre nouvelle bibliothécaire NE SOIT PAS UNE VRAIE BIBLIOTHÉCAIRE. Qu'en penses-tu ?

Plus ça va, plus je crois que notre Mlle Charlotte est la même personne que ton ancienne maîtresse, celle qui parlait à son caillou. Mais, comme je te l'ai déjà écrit, notre nouvelle bibliothécaire n'a pas de caillou sous son chapeau.

Que penses-tu de tout ça ?

Écris-moi vite.

Léo

CHAPITRE 5

Charlotte fait la une

En marchant vers son bureau, ce matin-là, Marcel Lénervé se demandait s'il avait bien fait d'engager une bibliothécaire.

– Les livres, ça ne sert qu'à ramasser de la poussière ! La télé, c'est tellement mieux. Je ne dépenserai pas un seul sou pour acheter des paquets de papier.

Le maire de Saint-Anatole avançait d'un pas décidé en grommelant dans sa barbichette. S'il s'était donné la peine de regarder un peu autour de lui, le pauvre aurait sûrement avalé son dentier.

Mlle Charlotte se promenait sur le trottoir de la rue principale de Saint-Anatole déguisée en femme-sandwich. Sur les deux grosses pancartes qu'elle portait, les passants pouvaient lire :

AU SECOURS !
LA BIBLIOTHÈQUE
MEURT DE FAIM.

Mlle Charlotte tendait la main comme une mendiante. Des citoyens pressés lui lançaient quelques sous sans se donner la peine de lire son message.

À midi, Mlle Charlotte avait recueilli la somme dérisoire de trois euros et vingt-sept centimes. Triste et déçue, elle se mit à songer à Gertrude.

– Pauvre coquelicote ! Si tu savais dans quel drôle de métier je me suis embarquée. Je m'ennuie de l'école et des enfants. Et je me demande vraiment comment tout ça va tourner.

Au même moment, Georges Guilbert, journaliste à *La Nouvelle*, aperçut Mlle Charlotte et décida de l'interviewer.

Au Secours!
La bibliothèque meurt de faim

Mlle Charlotte lui confia tout : les araignées, les crottes de souris, les livres rongés et les autres, ennuyeux à mourir. Georges Guilbert trouva la nouvelle bibliothécaire très étonnante et plutôt sympathique. Il prit beaucoup de notes dans son carnet et photographia la bibliothécaire-sandwich.

Surprise, Mlle Charlotte lui demanda à quoi servait « la petite machine » dans ses mains. On aurait dit qu'elle n'avait jamais vu un appareil photo.

– Sacrée farceuse ! lança le journaliste en la saluant.

Le lendemain, la photo de la nouvelle bibliothécaire déguisée en femme-sandwich-mendiante apparaissait en première page du journal *La Nouvelle*. Les citoyens apprirent que le maire était un vieux grippe-sou qui refusait d'acheter des livres, alors même qu'il lui restait toujours de l'argent pour construire des ponts.

Marcel Lénervé découvrit l'article sur son bureau tandis qu'il s'apprêtait à engouffrer une autre pyramide impressionnante de pain et de viande fumée. Pour la deuxième fois en moins d'une semaine, le maire perdit les pédales et son sandwich s'écrasa à ses pieds.

– Quoi ? ! ! Ah... Ah... Cette vieille sorcière de bibliothécaire ! Si je pouvais, je lui tordrais le cou. Je la pendrais par les deux oreilles. Je la ferais frire avec mon steak haché.

La fumée lui sortait par le nez. Il décida de congédier immédiatement Charlotte.

Il allait de ce pas le lui annoncer lorsqu'il songea soudain aux prochaines élections. Toute cette mauvaise publicité nuirait sûrement à sa carrière. Peut-être même que son adversaire, ce vieux sournois de Frédéric Finaud qui rêvait d'être maire, s'en servirait contre lui.

De plus en plus découragé, le maire comprit qu'il ne pouvait pas congédier Mlle Charlotte.

Il resta longtemps assis, bouillant de rage,

à se ronger les ongles un à un en crachant les rognures sur le tapis.

– Ah ! Ah ! Vous ne m'aurez pas ! rugit-il tout à coup.

Marcel Lénervé téléphona à Gaston Guilbert. Il lui passa d'abord un sacré savon. Puis il lui apprit qu'il avait toujours eu l'intention d'accorder un budget de dix mille euros à la bibliothèque pour l'achat de nouveaux livres.

– J'allais l'annoncer ce matin. Le chèque est déjà signé, ajouta-t-il pour convaincre le journaliste.

CHAPITRE 6

Des livres cochons

En sortant dans la cour de récréation, les enfants de l'école La Virgule aperçurent, dans le petit parc juste à côté, une vieille dame, très grande et très maigre, avec un immense chapeau sur la tête. Elle était assise sous un arbre et elle lisait.

Elle resta ainsi, sans remuer un cil ou un sourcil, pendant toute la récréation. À l'heure du dîner, elle était toujours là, le nez encore plongé dans un livre. Mais à 16h30, lorsque la sonnerie retentit enfin, elle avait disparu.

Le lendemain, elle revint, radieuse, ravie, pleine d'énergie.

Cette fois, elle traînait une grosse brouette débordante de livres neufs. Les enfants l'épièrent pendant la récréation du matin et celle du midi. On aurait dit une statue. Elle lisait toujours, sans bouger, comme hypnotisée.

À 16h30, elle était toujours à son poste. Martin, la pire plaie de l'école – et peut-être même du monde entier ! –, celui qui rend tous les professeurs complètement cinglés, décida d'aller voir « ce drôle d'épouvantail ». La moitié de sa classe, y compris Léo, le suivit.

Les enfants sautèrent autour de Mlle Charlotte, firent des culbutes, grimpèrent dans l'arbre à côté. Ils crièrent, hurlèrent, rirent comme des fous et se roulèrent par terre. Ils imitèrent le cri des otaries, celui des crapauds et des ouistitis, mais cela ne changea rien. L'étrange vieille dame ne bougea pas d'un poil.

Martin allait lui enlever son chapeau lorsque Léo eut une idée. Il prit le livre qu'elle tenait entre les mains et, mine de rien, lut à haute voix la suite de l'histoire qu'elle avait commencée.

Des pirates se battaient à grands coups de sabres tranchants. Les lames sifflaient pendant que le vaisseau s'agitait dangereusement sous l'orage. Au bout de trois phrases, Mlle Charlotte cligna des yeux et soupira d'une voix étrange :

– Ouf ! Je l'ai échappé belle !

Les enfants apprirent alors que l'étrange vieille dame surnommée « l'épouvantail » par Martin était leur nouvelle bibliothécaire. Elle chouchoutait ses livres neufs comme si c'étaient des nouveau-nés et les promenait en brouette parce que personne ne venait à la bibliothèque.

– C'est ma bibliothèque ambulante, déclara-t-elle en désignant fièrement la montagne de livres.

Martin s'avança et fouilla un peu dans le tas avant de déclarer :

– Les livres, c'est de la crotte de souris !

Les enfants examinèrent quand même les livres. Il y en avait de toutes sortes, avec beaucoup ou pas du tout d'images. Certains semblaient très drôles, d'autres plutôt romantiques ou encore très très effrayants.

Plusieurs enfants eurent envie d'en emprunter, mais ils n'osaient pas parce que Martin et sa bande les auraient traités d'imbéciles.

– Nous, on aime juste les livres cochons, annonça soudain Martin.

Et il ajouta, pour que ce soit bien clair :

– Des livres avec des fesses !

– Des livres… euh… cochons ? Avec… des fesses ? Oh ! Oui, bien sûr. Vous avez tout à fait raison. J'en apporterai demain, promit Mlle Charlotte en se levant.

Elle adressa alors un sourire rayonnant aux enfants et repartit en tirant sa brouette.

CHAPITRE 7

Montre-nous des fesses !

Martin était persuadé que Mlle Charlotte ne montrerait plus jamais le bout de son nez. Or, à la récréation du lendemain matin, elle lisait à sa place habituelle.

Les élèves se ruèrent vers elle et Martin cria :

– Où sont mes livres cochons ?

Heureusement, Mlle Lapostrophe, la surveillante de la cour d'école, s'occupait d'un petit de maternelle au genou écorché. Le pauvre beuglait comme si on lui avait arraché la jambe.

Grâce à lui, la surveillante n'entendit rien.

– Vite ! Montre-nous des fesses, réclama Martin tout essoufflé.

Mlle Charlotte lui adressa un sourire espiègle en choisissant un livre intitulé : *Le Grand Amour d'Odilon Cochon*.

– Quoi ?! s'offusqua Martin. C'est pas cochon, ça.

– C'est pourtant PLEIN de cochons ! répliqua Mlle Charlotte, malicieuse.

Martin resta stupéfait. Mlle Charlotte avait tout à fait raison.

– Mais il n'y a pas de fesses ! protesta Martin.

– Des fesses ? Mais, c'est PLEIN de fesses ! rétorqua Mlle Charlotte.

Et encore une fois, elle avait raison. Odilon Cochon n'avait pas de culotte. On voyait donc, presque à chaque page, ses deux grosses fesses roses, bien rondes et bien dodues.

– C'est pour les bébés ! grogna Martin, furieux de ne pas avoir le dernier mot.

Malgré tout, il resta là à observer Mlle Charlotte pendant qu'elle étalait les livres sur la pelouse. Les titres et les pages de couverture donnaient vraiment envie qu'on les ouvre.

Il y avait, entre autres, *Cadavre au dessert*, un livre d'horreur, *L'Énigme des fraises Tagada*, un roman d'aventures et de mystères, *À chacun sa crotte*, un documentaire très comique sur les différents excréments, ainsi que *Le Manuel du farceur*, un livre bourré d'idées pour mille tours pendables.

Léo ressentit une curieuse excitation devant tous ces livres. Un peu comme si, soudain, il avait terriblement faim. Sauf qu'au lieu de désirer un gros beignet dégoulinant de chocolat ou un hot dog long comme le bras, il avait très envie de goûter à ces livres.

Au moment même où il tendait la main vers *L'Énigme des fraises Tagada*, la cloche sonna.

– Ah non ! Zut ! protestèrent plusieurs élèves qui s'apprêtaient eux aussi à ouvrir un livre.

Ce jour-là, en fin d'après-midi, les enfants découvrirent une note punaisée au banc où la nouvelle bibliothécaire allait s'asseoir dans le petit parc à côté de l'école.

JE VOUS ATTENDS TOUS
À LA BIBLIOTHÈQUE.
MLLE CHARLOTTE

Dix minutes plus tard, pendant que Martin Laboucane et sa bande fumaient des cigarettes en cachette, un troupeau d'enfants excités envahissait la bibliothèque.

CHAPITRE 8

La bibliothécaire est morte !

Mlle Charlotte avait déménagé la bibliothèque dans le grenier de l'hôtel de ville. Elle ne travaillait plus dans un placard à balais mais dans un vaste salon de lecture. C'était drôlement plus chouette !

D'abord, les livres n'étaient pas tous debout en rangs d'oignons sur des rayons. Il y en avait partout. En piles élevées ou pêle-mêle dans chaque coin et recoin de cet immense grenier plein de cachettes.

Mlle Charlotte n'avait pas classé les livres par sujet ou par ordre alphabétique comme le font toujours les bibliothécaires.

Elle les avait réunis par couleur, les rouges ensemble, les verts ailleurs. Léo pensa encore une fois qu'elle n'était peut-être pas une vraie bibliothécaire, avec un diplôme et tout.

En cherchant *L'Énigme des fraises Tagada*, il fit une étrange découverte. Un lit très étroit et très long était installé dans un coin perdu, tout au fond du grenier.

– On dirait le lit de Mlle Charlotte, songea Léo. Est-ce possible qu'elle dorme à la bibliothèque ? Elle n'a donc pas d'appartement, ni de maison ?

Sous le lit, il trouva une grande boîte où sommeillaient sept grosses araignées velues, roulées en boule dans leur toile. Un peu plus loin, il buta contre un bol de petites graines et surprit une souris courant vers son trou creusé dans le mur.

– Quelle étrange bibliothèque ! s'exclama Léo.

Il allait poursuivre son exploration lorsqu'un enfant hurla :

– La bibliothécaire est morte !

Le cœur de Léo bondit dans sa poitrine. Il se précipita vers Mlle Charlotte. Elle gisait sur le plancher, parfaitement immobile. Des enfants la secouaient et d'autres lui pinçaient le nez.

– Poussez-vous ! Elle n'est pas morte, dit Léo. Elle a... elle a été... aspirée.

– ACHpirée ? Par un ACHpirateur ? s'étonna tout haut Lili, une petite de CP.

Léo expliqua alors aux enfants l'extraordinaire découverte qu'il avait faite quelques jours plus tôt.

– Lorsqu'elle lit un roman vraiment passionnant, Mlle Charlotte tombe dans l'histoire. Son corps reste ici, mais son esprit voyage ailleurs. Pour la ramener à la réalité, il faut poursuivre la lecture à haute voix.

Léo allait en faire la démonstration lorsque le maire entra en coup de vent dans la bibliothèque.

– Où se cache-t-elle ? Ah ! J'en ferais bien de la fricassée, grommela-t-il.

Marcel Lénervé était visiblement très très… énervé.

– Quelle bibliothécaire à la noix ! fulminait le maire. Le concierge vient de m'apprendre qu'elle élève en secret des souris et des araignées. Pourquoi pas des crocodiles ? J'ai engagé une bibliothécaire, moi. Pas une gardienne de zoo.

Dans sa fureur, Marcel Lénervé en oubliait de regarder par terre. Les enfants se hâtèrent de recouvrir la bibliothécaire de livres.

Juste à temps…

– Regardez-moi ça ! Quel fouillis ! dit le maire en désignant le tas de livres sous lequel Charlotte était étendue.

À ce moment, la petite Lili eut une idée géniale qui sauva l'emploi de la nouvelle bibliothécaire.

– Mlle Charlotte est allée chercher du papier *plach*tique pour recouvrir les livres, monsieur Lenragé… euh… Lénervé. *Ché* une bonne idée, non ? lança-t-elle en le regardant d'un air angélique.

Le maire repartit en bougonnant et Léo se mit au travail.

Mlle Charlotte tenait dans une main le roman *Matilda*. Léo poursuivit la lecture à haute voix et, pendant que tous les enfants rêvaient d'avoir cette drôle de fille comme meilleure amie, Mlle Charlotte s'éveilla doucement.

– Ah ! Bonjour, les enfants. Quel formidable voyage ! Cette Matilda est tellement extraordinaire !

Ce soir-là, et bien qu'elle ne lui ait pas encore donné signe de vie, Léo écrivit encore à Marie.

Chère Marie,

As-tu reçu mes deux lettres ?

Es-tu malade ? À l'hôpital ? En voyage ?

J'aimerais tellement que tu sois ici. Notre nouvelle bibliothécaire est vraiment extraordinaire.

Avant, je n'aimais pas les livres tant que ça. Maintenant, c'est différent. Mlle Charlotte dit qu'ouvrir un livre, c'est comme allumer une télévision dans sa tête. Et qu'avec un livre, on n'est jamais seul.

Elle a toujours un livre dans sa poche. Lorsqu'elle est triste, lorsqu'elle s'ennuie, lorsqu'elle a envie de changer de vie, de

ville, de planète, d'amis ou de pays, elle ouvre un livre.

Si tu voyais notre bibliothèque. C'est plein de bons livres. Il n'y a pas de meubles par contre, parce que Mlle Charlotte n'avait plus d'argent, mais on peut y apporter tout ce qui nous tente.

Justement, j'ai pensé à notre vieille tente de camping trouée. J'adore lire en camping avec une lampe de poche. Si j'installais la tente à la bibliothèque, je me sentirais comme au camp l'été dernier. Sauf que toi, tu ne serais pas là.

Écris-moi dès que tu peux. Je pense très souvent à toi.

Léo

CHAPITRE 9

La Belle et la Bête

Peu après l'arrivée de Mlle Charlotte, les citoyens de Saint-Anatole commencèrent à se méfier de la nouvelle bibliothécaire. L'épicier fut le premier à s'inquiéter. D'abord, parce que Mlle Charlotte n'achetait que des nouilles. Ensuite, parce qu'un matin elle lui demanda :

– Croyez-vous que Matilda mange des millefeuilles pour son petit déjeuner ?

M. Dubocal faillit avaler son cigare. Comme tous les habitants de Saint-Anatole, il lisait rarement. Par contre, il avait vu *Matilda* à la télévision et savait donc que ce n'était pas une personne mais un personnage. Or, la nouvelle bibliothécaire en parlait comme si Matilda existait vraiment.

Le lendemain, Mlle Charlotte demanda au facteur si Cendrillon recevait autant de lettres que la reine d'Angleterre et elle téléphona aux policiers pour s'assurer que Barbe-Bleue était bien en prison.

La réputation de Mlle Charlotte subit encore un coup rude le jour où les enfants apportèrent des parapluies, des parasols, des chaises de jardin, des couvertures, des coussins, des lampes de poche, des chandelles et une foule d'autres articles inusités à la bibliothèque. Heureusement, les parents ne savaient pas que leurs enfants y introduisaient aussi clandestinement des fraises Tagada, des gommes géantes à l'ananas, des chocolats au caramel et une foule d'autres gourmandises habituellement défendues.

La situation se compliqua davantage lorsque les enseignants de l'école La Vir-

gule découvrirent que leurs élèves cachaient des romans sous leurs cahiers d'exercices et ronflaient sur leur banc après avoir lu toute la nuit. Sans compter que le soir, au lieu de faire leurs devoirs, bon nombre d'entre eux plongeaient dans un livre pour chasser des trésors, poursuivre des bandits ou lutter contre des monstres atroces.

Les adultes se consultèrent et, un soir, une délégation de citoyens rendit une visite surprise à la bibliothèque.

Un spectacle saisissant les y attendait.

La bibliothèque-grenier était bourrée d'enfants, d'animaux, de livres et d'objets étonnants. Un lapin nain se faufila entre les jambes d'un parent et deux cochons d'Inde trottèrent devant un autre. Le boucher trouva son fils en maillot de bain sous un parasol, le nez dans un roman. Tous les enfants lisaient. Mlle Charlotte circulait parmi eux en distribuant de grands verres de jus de raisin.

Les adultes tinrent conseil dans un coin de la bibliothèque. L'un d'eux proposa de dénoncer Mlle Charlotte aux autorités.

– C'est un imposteur ! Une fausse bibliothécaire ! clamait-il.

Mais la majorité des adultes étaient impressionnés par la manière dont Mlle Charlotte avait réussi à transmettre sa passion de la lecture aux enfants. Les membres de la délégation discutèrent longuement. Finalement, ils repartirent sans bruit, un peu secoués par l'étrangeté des lieux, mais décidés à rassurer les autres citoyens.

Au bout de quelques semaines, la bibliothèque était devenue le quartier général des enfants de Saint-Anatole. Pour permettre à Mlle Charlotte de lire elle aussi, les jeunes lecteurs s'étaient réparti les tâches. Ils aidaient la bibliothécaire à recouvrir, ranger et estampiller les livres, nourrir et promener les animaux, faire le ménage et préparer les collations.

Pendant ce temps, Martin et sa bande rôdaient autour de la bibliothèque, visiblement curieux mais trop orgueilleux pour s'avouer intéressés.

Mlle Charlotte put à nouveau se laisser aspirer par des livres. Au début, les enfants la réveillaient tout de suite, mais Léo remarqua vite que Mlle Charlotte était déçue de revenir à la réalité.

Les enfants décidèrent donc de secourir Mlle Charlotte seulement lorsqu'elle était en mauvaise posture. Lorsque, par exemple, elle se retrouvait nez à nez avec un monstre gluant, un corsaire sanguinaire ou un dinosaure carnivore.

Un soir, très tard, pendant que ses parents regardaient la télévision, Léo sortit sans bruit de la maison.

Ses trois lettres à Marie lui étaient revenues avec la mention « N'habite plus à l'adresse indiquée » sur l'enveloppe. Il était triste et déçu et il avait envie de parler à Mlle Charlotte.

En arrivant à la bibliothèque, il découvrit que la nouvelle bibliothécaire avait été aspirée par *La Belle et la Bête*. Craignant qu'elle n'ait peur, Léo voulut la secourir.

Il lut à voix haute le passage où la Belle découvre le cadeau de la Bête : un grand coffre plein de robes d'or garnies de diamants. Mais cela ne réussit pas à arracher Mlle Charlotte au livre. Il recommença donc, en haussant la voix, mais Mlle Charlotte ne bougeait toujours pas. Inquiet, Léo reprit la lecture, avec beaucoup d'émotion cette fois, et Mlle Charlotte bâilla enfin.

– Je suis amoureuse, souffla-t-elle en s'éveillant, le cœur battant et les yeux remplis d'étoiles.

Léo avait deviné depuis longtemps que la nouvelle bibliothécaire mélangeait les livres et la réalité. Elle était donc réellement amoureuse d'un personnage.

– Je suis sûr que la Bête vous trouve très jolie, dit-il pour être gentil.

Flattée, Mlle Charlotte rougit jusqu'au bout des oreilles.

Léo lui confia alors qu'il était lui aussi amoureux.

– Elle s'appelle Marie. Au camp, l'été dernier, je n'osais pas trop l'approcher, mais je l'observais et je l'écoutais parler. Depuis, je lui ai écrit, mais elle a déménagé. Je ne la reverrai peut-être jamais, dit-il, la voix brisée par le chagrin.

Mlle Charlotte l'observa longtemps sans rien dire.

– Si seulement j'avais mon cher caillou… Oh oui ! Si j'avais ma belle Gertrude, je te la prêterais, dit-elle à Léo qui n'y comprit rien.

Elle ajouta ensuite d'une voix grave :

– Quand on aime vraiment, on trouve toujours un moyen.

En rentrant, Léo fit la liste de toutes les pistes possibles pour retrouver Marie. Il pouvait téléphoner au Camp des Explorateurs. Peut-être connaîtraient-ils sa nouvelle adresse, son numéro de téléphone ou celui de Léa, qui était sa meilleure amie ?

Marie avait souvent parlé de sa grand-mère qui habitait au bord d'un lac dans les Laurentides. Le lac aux... Zut ! Il ne se souvenait plus du nom. Mais peut-être le reconnaîtrait-il en consultant une carte du Québec ?

– Mlle Charlotte a raison. Je dois tout faire pour retrouver Marie, murmura Léo avant de s'endormir.

CHAPITRE 10

Des frites au camembert

– Allez-vous nous poser des questions pièges pour voir si on a lu notre livre en entier ? s'inquiéta Céline lorsque la nouvelle bibliothécaire voulut mettre sur pied un club de lecture.

Mlle Charlotte rit de bon cœur.

– Des questions ? Non. Et pourquoi est-ce que je vous obligerais à terminer un livre s'il vous ennuie ?

Léo se sentit soulagé. Sa mère disait toujours qu'il faut finir ce qu'on a commencé. Avec cet argument, elle l'obligeait à avaler

tout ce qui traînait dans son assiette. Même les petits pois ratatinés ! Il n'avait pas envie que ce soit pareil avec les livres.

Mlle Charlotte organisa un grand pique-nique à la bibliothèque pour célébrer l'inauguration du club de lecture. Elle invita tous les enfants à apporter leur plat préféré, mais elle ne dit rien de plus.

Ce soir-là, Marcel Lénervé ne put s'empêcher de venir espionner à la bibliothèque.

Le pauvre faillit faire une syncope. Il dut quitter les lieux en catastrophe, car son cœur menaçait de flancher.

Léo avait apporté des lasagnes triple fromage et Mélanie une pizza à la saucisse. Agathe arriva avec des cornets de frites au camembert (une recette de son invention) et Mathieu avec une tourte à la mortadelle. Tous les enfants avaient entre les mains quelque chose d'assez excitant à manger.

Dans le parking derrière l'hôtel de ville, Martin et sa bande fulminaient. Ils juraient encore que les livres c'est idiot, rasoir, débile, creux, stupide et ennuyeux, mais plus que jamais ils mouraient d'envie de pénétrer dans cette fameuse bibliothèque.

Mlle Charlotte avait préparé sa spécialité : le ragoût de nouilles. Un gros bol débordant de coquillettes, de tagliatelles, de macaronis, de vermicelles, de spaghettinis et de tortellinis, avec du beurre et du persil.

– Mais qu'est-ce que vous attendez ? Mangez ! dit la bibliothécaire en plongeant sa fourchette dans les nouilles fumantes.

Les enfants ne se firent pas prier. Ils dévorèrent leur plat préféré en goûtant aussi à celui de leurs voisins. Les bols et les assiettes se baladèrent beaucoup.

Lorsqu'il n'y eut plus rien à manger, Mlle Charlotte demanda à Louis de décrire ce qu'il avait ressenti en dégustant ses spaghettis à la sauce dynamite.

Louis réfléchit un peu, puis il dit :

– J'aime le petit chatouillement des nouilles lorsqu'elles glissent sur ma langue. Et la sauce dynamite de mon père fait comme un feu d'artifice dans ma bouche. C'est... excitant. Et absolument délicieux.

Les enfants l'écoutaient en salivant. Bien que leur ventre soit plein, ils avaient tous envie de goûter à ces nouilles au feu d'artifice.

– Merveilleux ! le félicita Mlle Charlotte. Maintenant raconte-nous, de la même manière, le meilleur livre que tu as jamais lu.

Ce soir-là, Léo quitta la bibliothèque avec des livres plein la tête. Il avait eu du plaisir à parler de *Lili Graffiti*, son livre préféré. Après sa présentation, plusieurs enfants avaient voulu l'emprunter.

En retournant chez lui, Léo surprit Martin grimpé sur une échelle appuyée sous une fenêtre de la bibliothèque. Mais ce ne fut pas son unique surprise.

Un message l'attendait sur la table de cuisine.

Léo,

Une Mme Larivière a téléphoné pour toi. Du lac aux Moustiques. Elle te laisse le numéro d'une certaine Marie : 541-466-6666.

Qui est cette Marie ? Et qui est cette dame ?

J'espère que tout va bien. Je rentrerai tard, mais on pourra se parler demain matin.

Maman

Le cœur de Léo bondit et fit trois pirouettes. Léo voulut téléphoner tout de suite à Marie. Il composa son numéro, entendit la sonnerie, compta cinq coups et reconnut la voix de Marie.

Il raccrocha aussitôt. Il venait de perdre d'un coup tout son courage, toute son audace, toute sa confiance en lui. Il avait peur soudain. Très peur même. Peur que Marie ne se souvienne pas de lui, peur qu'elle n'ait pas envie de lui parler et peut-être même qu'elle lui raccroche au nez.

– Demain… peut-être. Demain, je lui téléphonerai, se promit-il.

Et le lendemain, effectivement, Léo téléphona à Marie. Mais cela ne se déroula pas du tout comme il l'avait prévu, car le lendemain un événement tragique se produisit à la bibliothèque de Saint-Anatole.

CHAPITRE 11

Charlotte, réveille-toi

Léo eut du mal à dormir. La voix de Marie, à l'autre bout du fil, l'avait ému.

Ce qu'il aurait donné pour ne pas être timide ! Il s'en voulait tant d'avoir raccroché !

Il se réveilla quand même d'assez bonne humeur parce que c'était samedi. Un beau samedi sans école. Sans participe passé ni passé composé. Sans division ni multiplication.

Il s'habilla en vitesse et avala rapidement plusieurs tartines de nutella ainsi que deux grands verres de jus de framboise, avant d'aller à la bibliothèque.

À son arrivée, tout semblait normal. Des enfants lisaient sur des matelas gonflés, d'autres dans un hamac. Pierre et Sophie réparaient des livres abîmés et Julien nourrissait les souris pendant que son frère, Théo, nettoyait la cage des cochons d'Inde.

Des enfants exploraient le grenier en quête d'un nouveau livre et d'autres préparaient une immense collation.

Léo devina que Mlle Charlotte voyageait dans un livre lorsqu'il vit ses grandes jambes maigres dépasser de la tente qu'il avait apportée.

– Pas besoin de la réveiller, elle n'est pas en danger, lui assura Mathieu qui lisait à côté.

À midi, Pierre invita Léo et d'autres copains à la sandwicherie. Pierre avait reçu un bon-cadeau pour vingt hot-dogs gratuits à son anniversaire. Ils s'empiffrèrent donc de hot-dogs au ketchup puis jouèrent au foot dans le parc derrière le parking désert de l'hôtel de ville.

À leur retour à la bibliothèque, Mlle Charlotte était encore étendue sous la tente, son livre à la main. Les enfants commencèrent à s'inquiéter.

– D'habitude, elle s'éveille au bout d'une heure ou deux, dit Théo.

– Elle était déjà plongée dans son livre quand je suis arrivée ce matin, ajouta Sophie.

– Peut-être qu'elle n'a rien mangé ni bu de la journée, s'alarma Julien qui avait toujours faim.

Léo eut un étrange pressentiment. Il se précipita sous la tente et poussa un cri. Mlle Charlotte tenait le livre *La Belle et la Bête*, celui dont Léo avait eu tant de mal à la sortir.

Il se souvenait de la passion de Charlotte pour la Bête.

– J'aimerais tellement vivre toujours à ses côtés, lui avait-elle confié.

Léo comprit l'urgence de la situation.

– Vite ! Il faut la réveiller. Sinon elle ne reviendra peut-être jamais.

Léo prit le livre et lut à voix haute, en y mettant tout son cœur, le passage où la Belle découvre qu'en son absence la pauvre Bête s'est laissée mourir de faim.

Les enfants écoutèrent attentivement, émus par l'immensité du chagrin de la Bête.

Mais Mlle Charlotte ne se réveilla pas.

Alors Léo, désespéré, reprit la lecture du même passage. On aurait dit qu'il faisait lui-même partie de l'histoire tant sa voix était convaincante.

Mais Mlle Charlotte ne se réveilla pas.

De grosses larmes glissaient sur les joues de Lili.

– Léo ! Fais quelque chose. Je t'en *ch*upplie. Il faut qu'elle revienne, gémit-elle.

Tous les regards étaient tournés vers Léo. Les enfants avaient tous très peur de ne plus jamais revoir Mlle Charlotte.

– Marie ! cria soudain Léo. Il faut demander conseil à Marie.

Léo fonça vers la porte et courut jusque chez lui pendant que ses amis se demandaient qui pouvait bien être cette mystérieuse Marie.

CHAPITRE 12

Chère poignée de porte

Marie entendit la sonnerie du téléphone alors qu'elle farfouillait dans sa poche pour trouver la clé de la maison. Au moment où elle se précipitait dans la cuisine pour décrocher le récepteur, le téléphone redevint silencieux.

– Zut ! dit-elle. Je me demande qui c'était.

Son père ne l'appelait jamais pendant qu'il travaillait et elle n'avait pas vraiment d'amis, car ils venaient tout juste de déménager dans cette nouvelle ville.

Marie se sentit triste. Elle en avait assez de changer de ville, d'école, d'amis. De se retrouver toute seule dans une classe où tout

le monde se connaissait, où tout le monde riait, où tout le monde avait plein d'amis.

Elle plongea une main dans sa poche et ses doigts frôlèrent Gertrude. Marie s'assit et caressa doucement le caillou dans sa main.

– Si tu savais ce que je donnerais pour revoir Mlle Charlotte. Tu t'ennuies d'elle toi aussi, hein ?

Le téléphone se remit à sonner.

Marie décrocha tout de suite.

– Marie ? C'est toi ?

– Oui… Qui est à l'appareil ?

– C'est Léo.

– Léo du Camp des Explorateurs ?

– Oui ! oui ! s'exclama Léo, trop heureux que Marie se souvienne de lui.

Il aurait voulu lui parler de toutes les

lettres qu'il lui avait écrites. Lui dire toutes les fois où il avait pensé à elle. Mais ce n'était pas le moment.

– Marie ! Tu dois absolument m'aider. C'est urgent.

Léo raconta le plus rapidement et le plus clairement possible l'arrivée de la nouvelle bibliothécaire et tout ce qui s'était passé depuis.

– C'est elle, j'en suis sûre, dit Marie.

– Mais elle n'a pas de caillou sous son chapeau, la prévint Léo.

– Bien sûr. C'est moi qui l'ai ! Elle me l'a confié, répliqua Marie en riant. Où es-tu ? Il faut aider Mlle Charlotte.

– Chez moi, à Saint-Anatole.

– Saint-Anatole ? Entre Saint-Glin et Port-aux-Crevettes ?

– Oui…

– J'habite juste à côté ! s'exclama Marie. J'arrive tout de suite. Attends-moi à la bibliothèque. J'y serai dans moins de trente minutes.

Marie fourra Gertrude dans sa poche, attrapa son casque de vélo dans le vestibule, sortit en trombe et enfourcha son vélo. Douze kilo-

mètres ! Avec un peu de chance, elle serait peut-être même là-bas dans vingt-cinq minutes. Marie s'entraînait depuis des semaines à parcourir une quarantaine de kilomètres tous les jours en vue d'une compétition cycliste.

– Allez, mon beau Germain ! Montre-moi ce que tu sais faire, dit-elle à son vélo pour l'encourager.

Depuis le départ de Mlle Charlotte, Marie avait pris l'habitude de parler non seulement à Gertrude mais aussi à son vélo, son foulard, sa brosse à dents, ses gants, le balai de cuisine, les poignées de porte…

CHAPITRE 13

C'est à ton tour, Gertrude

Léo fixait sa montre. Son cœur battait comme un fou. Marie pédalait depuis vingt-deux minutes maintenant. Une foule d'enfants l'attendaient devant l'hôtel de ville.

Soudain, un vélo bleu dévala la grosse côte. C'était Marie ! Les enfants l'applaudirent très fort et Marie sentit un grand bonheur l'envahir.

À peine fut-elle descendue de son vélo que Léo lui prit la main et l'entraîna vers la bibliothèque-grenier. Malgré toutes les émotions qui l'assaillaient, Marie ne put s'empêcher d'être impressionnée. Il n'existait sûrement pas deux bibliothèques comme cela.

– Mademoiselle Charlotte ! s'écria soudain Marie en découvrant son ancienne maîtresse étendue sur le plancher.

– On a tout fait pour la réveiller, se lamentèrent les enfants.

– Léo dit que *ch*'est par*che* qu'elle est amoureuse du mon*ch*tre dans *La Belle et la Bête*, expliqua Lili.

Marie connaissait ce beau conte. Elle comprenait que Mlle Charlotte ait eu le coup de foudre pour la Bête.

– Je sais ce qu'il faut faire, déclara Marie.

Elle fouilla dans sa poche et en sortit une roche.

– C'est à ton tour, Gertrude, souffla-t-elle au précieux caillou pendant que les autres enfants se demandaient si cette drôle de fille n'était pas encore plus étrange que leur nouvelle bibliothécaire.

– Es-tu complètement *ch*inglée, toi aussi ? demanda Lili.

Marie n'entendit même pas. Elle gardait les yeux rivés sur le caillou, qu'elle déposa dans la main de Mlle Charlotte. Puis, très doucement, elle replia les doigts de son ancienne maîtresse autour de Gertrude.

Il y eut un silence si long et si profond que même les souris, les araignées, les cochons d'Inde et les lapins nains s'immobilisèrent en attendant la suite.

Mlle Charlotte resta sans bouger. Elle ne bâilla pas, ne s'étira pas. Mais les enfants virent une larme, minuscule, infime, gonfler au coin de l'œil droit puis rouler sans bruit sur la joue fripée de Mlle Charlotte. Lorsqu'elle ouvrit les yeux, son regard était luisant comme l'herbe après la pluie.

– Vous avez bien fait de venir me chercher, dit-elle aux enfants en se relevant lentement. J'aime la Bête, mais son cœur est déjà pris.

Mlle Charlotte poussa un profond soupir puis elle se tourna vers Léo et Marie.

– Merci à vous deux surtout, dit-elle.

Un mystérieux sourire flottait sur ses lèvres.

– Et merci à ma belle Gertrude, ajouta-t-elle en faisant un drôle de guili-guili au caillou.

Épilogue

Cet été-là, Léo avala des kilomètres de route à vélo en compagnie de Marie et ils échangèrent des tas de livres. Ils voyaient Mlle Charlotte tous les jours. Et parfois même la nuit, en cachette. L'étrange vieille dame leur fit d'extraordinaires confidences et les deux amis découvrirent qu'elle était encore plus étonnante que tout ce qu'ils avaient imaginé.

Marie proposa à Mlle Charlotte de lui rendre Gertrude, mais la bibliothécaire refusa.

– Non. Garde-la. Tu auras peut-être besoin d'elle un jour.

– Mais si vous-même en aviez besoin ? Si vous tombiez encore dans un livre au risque de ne jamais revenir ? s'inquiéta Marie.

Mlle Charlotte secoua la tête.

– J'ai compris que les personnages des livres habitent dans un monde différent. On peut voyager dans un livre, mais il faut accepter de revenir.

Cette nuit-là, Mlle Charlotte parut encore plus étrange que d'habitude. Lorsque Léo et Marie quittèrent la bibliothèque, elle leur fit promettre de veiller sur Martin. Les deux amis se demandaient bien pourquoi.

Le lendemain, ils trouvèrent Martin allongé sur le plancher dans la bibliothèque, immobile, un livre entre les mains.

Ce jour-là, Léo et Marie cherchèrent Mlle Charlotte dans tous les coins et recoins de la bibliothèque-grenier.

Ils finirent par découvrir un message punaisé au-dessus de son lit.

Chers amis,

Prenez bien soin de vous-mêmes, de Gertrude, et de ce grenier rempli de trésors. Embrassez pour moi tous mes amis.

Je devais absolument partir. Une nouvelle aventure m'attend. Mais, qui sait, peut-être qu'un jour nous nous reverrons. Je l'espère beaucoup.

Quoi qu'il arrive, je ne vous oublierai jamais et je vous aimerai toujours.

Mlle Charlotte

Table

1. Livres et crottes de souris *7*

2. Une étrange bibliothécaire *11*

3. Une séance de lecture *17*

4. Aspirée par Barbe-Bleue *21*

5. Charlotte fait la une *27*

6. Des livres cochons *33*

7. Montre-nous des fesses ! *38*

8. La bibliothécaire est morte ! *42*

9. La Belle et la Bête *50*

10. Des frites au camembert *59*

11. Charlotte, réveille-toi *66*

12. Chère poignée de porte *71*

13. C'est à ton tour, Gertrude *76*

Épilogue *80*

L'auteur

Dominique Demers est née à Hawkesbury, en Ontario, en 1956. La littérature de jeunesse est sa grande passion, elle lui a d'ailleurs consacré une thèse de doctorat. Reporter, critique littéraire, écrivain et enseignante, elle est bien connue pour ses romans jeunesse, qui lui ont valu de nombreux prix prestigieux. Si Mlle Charlotte parle à un caillou, c'est peut-être parce que Dominique aimait faire rire ses copains à l'école en bavardant avec… sa fourchette !

L'illustrateur

Tony Ross est né à Londres en 1938. Après des études de dessin, il travaille dans la publicité puis devient professeur à l'École des beaux-arts de Manchester. En 1973, il publie ses premiers livres pour enfants. Créateur de l'inoubliable *Petite Princesse* dont les aventures ont été adaptées à la télévision, Tony Ross a réalisé plus d'une centaine d'albums et illustré de nombreux romans dont les aventures des plus célèbres héros de la collection Folio Cadet.

Mlle Charlotte

La nouvelle maîtresse

Mlle Charlotte, la nouvelle maîtresse, porte un grand chapeau, une robe un peu froissée et de grosses chaussures. Mais le plus drôle, c'est Gertrude, son caillou : elle lui confie tout. L'après-midi, elle joue avec ses élèves au football. Elle leur a aussi appris à mesurer les murs de la classe avec… de vrais spaghettis ! Les enfants l'adorent ! Mais elle n'a pas l'air de plaire à M. Cracpote, le directeur.

Une bien curieuse factrice

Mlle Charlotte, la nouvelle factrice, chante en distribuant le courrier. Comme elle est très curieuse, elle ouvre chaque jour une enveloppe ! Et quand les lettres annoncent de mauvaises nouvelles, Mlle Charlotte les réécrit pour rendre les gens heureux. Bientôt, le village se retrouve sens dessus dessous…

Une drôle de ministre

Catastrophe ! Au moment de prendre le train, Mlle Charlotte échange son sac en poil d'éléphant avec celui du Premier ministre. Aidée de Gustave-Aurèle, le fils du ministre, elle se lance sur ses traces… Mlle Charlotte découvre alors qu'il s'apprête à dévoiler une politique éducative très très ennuyeuse !

Une fabuleuse femme de ménage

Alexia et ses copains sont furieux : on a démoli leur paradis, le skatepark, pour construire un mégacentre culturel ultrachic. Le jour de son inauguration, les trois skateurs renversent le buffet, disparaissent sans crier gare, et finissent par trouver refuge dans le sous-sol du bâtiment. Leur route croise alors celle de Mlle Charlotte, la nouvelle femme de ménage…

La meilleure entraîneuse de foot

Mlle Charlotte, la nouvelle entraîneuse de foot, a de drôles de méthodes pour nous préparer au grand match. Elle veut nous apprendre à perdre ! Et aussi à s'amuser. Moi qui suis nul sur le terrain, j'ai réussi à marquer un but. Incroyable. Mais catastrophe, notre meilleur joueur passe dans le camp adverse. La partie est-elle perdue d'avance ?

Une gouvernante épatante

Mlle Charlotte, notre nouvelle gouvernante, fait souffler dans la maison un délicieux courant d'air. Adieu les leçons ennuyeuses et à nous les fous rires et la liberté ! Je la soupçonne d'être un peu magicienne ou fée. Fesses Pincées, notre majordome jaloux, est pourtant bien décidé à la faire renvoyer. Mais nous, les enfants, n'allons pas nous laisser faire !

Au secours !
La bibliothèque meurt de faim

Découvre d'autres histoires tendres et pleines d'humour

Clément aplati

de Jeff Brown illustré par Tony Ross

Un beau matin, Clément se retrouve tout aplati par un tableau qui lui est tombé dessus pendant la nuit. Il n'a plus maintenant qu'un centimètre d'épaisseur ! Imagine les avantages : se glisser sous les portes, voler dans les airs tel un cerf-volant… Et quelle économie pour voyager : il suffit de poster Clément dans une enveloppe ! Il y a aussi hélas quelques inconvénients…

Un conte peut en cacher un autre

de Roald Dahl illustré par Quentin Blake

Blanche-Neige inculpée, Boucle-d'Or démasquée par les trois ours ! Découvre les dessous de l'affaire Cendrillon, la véritable histoire du Petit Chaperon rouge ou encore le sort incroyable réservé aux Trois Petits Cochons… Reconnaîtras-tu nos plus célèbres contes de fées, dans cette version en rimes épouvantablement comique ?

Cucu la praline est en pleine forme

de Fanny Joly illustré par Ronan Badel

Coucou, c'est moi, Cucu la praline. Je suis en pleine forme. Un : j'ai décidé d'avoir un animal, que cela plaise ou non à ma famille. Et trouver un chien dans la rue, c'est une sacrée aubaine, non ? Deux : la vengeance est un plat qui se mange froid et de ce côté-là mes frères vont être servis. Trois : quand on fait du théâtre à l'école, je suis prête à tout pour décrocher le rôle de la princesse, croyez-moi !

Du commerce de la souris

d'Alain Serres illustré par Claude Lapointe

La fromagerie tenue par Victor Lebrouteux depuis un demi-siècle compte désormais plus de souris que de clients. Qu'à cela ne tienne, son propriétaire changera de commerce. Il fera de la souris : en poil à gratter, en marque-page, en crème, en apéritif... M. Lebrouteux ne manque pas d'idées, mais les souris n'ont pas l'intention de se laisser faire !

Les poules

de John Yeoman illustré par Quentin Blake

Les poules Flossie et Bessie mènent une existence paisible et monotone à la ferme du Bois-Joli, un hangar destiné à la ponte industrielle, jusqu'au jour où un choucas ouvre la porte de leur cage. Les deux sœurs acceptent de le suivre pour aller déjeuner dehors. Mais n'ayant jamais appris à voler, elles ne sont pas à l'abri du danger et, avec la vraie vie, l'aventure commence...

Motordu pelote d'avion

de Pef

Le prince de Motordu prend un cours de pilotage pour voler comme les oiseaux. Elsa Louette, son instructrice, se place derrière son apprenti pelote pour le guider. Et le prince tout ému aperçoit bientôt son chapeau qui a rétréci, puis des lacs qui sont grands comme des flaques. Après quelques loopings, le ciel devient tout noir. Le prince est-il prêt à effectuer un bol de nuit ?

La princesse pas si petite La nuit du grand frisson

de Wendy Finney illustré par Tony Ross

OUOUOUOUscritch-scritch ! Quel est ce bruit sinistre ? se demande la princesse pas si petite qui s'est réveillée d'un bond. Quel monstre hante le château ? Le soir suivant, son ami Oliver et elle vont mener l'enquête. Mais ils ne sont pas seuls : le prince, le roi, la reine, la gouvernante, le général, et le majordome se sont tous levés en catimini ! Réunie, la petite troupe grimpe dans les combles...

Amandine Malabul, Sorcière maladroite

de Jill Murphy

Amandine est bien l'élève la plus maladroite de l'Académie de sorcellerie ! Quel désastre lorsqu'il s'agit d'apprendre à voler à son chat Petitpas ou de fabriquer la potion d'invisibilité. Sans compter les mauvais tours d'Octavie Pâtafiel. Mais un terrible complot se trame : élèves et professeurs pourraient bien être changés en grenouilles !

Maquette : Chita Lévy et Karine Benoit

ISBN : 978-2-07-510802-7
N° d'édition : 336801
Loi n° 49-956 du 16 juillet 1949
sur les publications destinées à la jeunesse
Premier dépôt légal : décembre 2006
Dépôt légal : septembre 2018
Imprimé en Espagne par Novoprint (Barcelone)